KB272981

문학과지성 시인선 １

나는 바퀴를 보면 굴리고 싶어진다

황동규 시집

문학과지성사에서 펴낸 황동규의 시집

악어를 조심하라고?(1986, 개정판 1995)
몰운대行(1991, 개정판 1994)
미시령 큰바람(1993)
풍장(양장본, 1995)
외계인(1997)
버클리풍의 사랑 노래(2000)
우연에 기댈 때도 있었다(2003)
꽃의 고요(2006)
사는 기쁨(2013)
겨울밤 0시 5분(2015, 시인선 R)
연옥의 봄(2016)
오늘 하루만이라도(2020)
봄비를 맞다(2024)

문학과지성 시인선 1

나는 바퀴를 보면 굴리고 싶어진다

초판 1쇄 발행 1978년 9월 30일
초판 31쇄 발행 1993년 7월 20일
재판 1쇄 발행 1994년 4월 15일
재판 19쇄 발행 2024년 9월 30일

지 은 이 황동규
펴 낸 이 이광호
펴 낸 곳 ㈜문학과지성사
등록번호 제1993-000098호
주   소 04034 서울 마포구 잔다리로7길 18(서교동 377-20)
전   화 02)338-7224
팩   스 02)323-4180(편집) 02)338-7221(영업)
전자우편 moonji@moonji.com
홈페이지 www.moonji.com

ⓒ 황동규, 1994. Printed in Seoul, Korea

ISBN 89-320-0057-2

문학과지성 시인선 ①

나는 바퀴를 보면 굴리고 싶어진다

황동규

1994

1994년판 책머리에

16년 만에 판을 다시 짜는 기회를 맞아 한자(漢字)를 한글로 바꾸거나 괄호 안에 넣고, 몇몇 곳을 새로 손보았다. 도처에서 지난 시대의 아픈 상처가 새삼 만져진다. 과연 아물었는가?

1994년 봄
황 동 규

初版 自序

이 시집을 뚫고 흐르는 모티프가 있다면 정열과 부끄러움일 것이다. 지난 몇 년간 부끄러움에서 나는 자신이 인간임을 확인했고 정열에서 살아가는 일의 살 만함을 깨닫곤 했다.

제Ⅲ부는 제4시집 『열하일기』 직후의 작품으로 그중 몇 편은 선(選)시집 『삼남(三南)에 내리는 눈』에 수록되어 있다. 제Ⅰ부는 그 이후의 작품들이고 그 속에서 「사랑의 뿌리」를 중심으로 6개월간의 작품을 따로 모아 제Ⅱ부로 묶었다.

부끄러움과 정열이 더 큰 곳으로 확산되기를 빌 뿐이다.

1978년 초가을
黃 東 奎

나는 바퀴를 보면 굴리고 싶어진다

차 례

▨ 自 序

I. 1975~1978

연등(燃燈)/11

서로 베기/13

바다로 가는 자전거들/14

지붕에 오르기/17

장마 때 참새 되기/20

불 끈 기차/21

여름 이사/22

여 행/24

일 기/25

지하실/26

나는 바퀴를 보면 굴리고 싶어진다/27

말하는 광대/28

꿈, 견디기 힘든/29

우리 죽어서 깨어날 때/30

편지 2/32

맨 홀/34

정원수(庭園樹)/36

초가을 변두리에서/38

모래내/39

II. 1976

눈 내리는 포구/43

사랑의 뿌리/45

저 구름/49

생략할 때는/50

어젯밤 말 한 마리/51

오늘은 아무것도/52

뒤돌아보지 마라/54

서서 잠드는 아이들/55

그대 뒤에 서면/57

맨발로 풀 위를/59

우리는 수상한 아이들/60

III. 1972~1975

성긴 눈/63

계엄령 속의 눈/65

초가(楚歌)/66

낙백(落魄)한 친구와 잠을 자며/67

아이들 놀이/68

새 들/69

편지 1/70

그 나라의 왕/71

바닷새들/73

세 줌의 흙/74

수화(手話)/76

정감록 주제에 의한 다섯 개의 변주/79

조그만 사랑 노래/85

더 조그만 사랑 노래/86

더욱더 조그만 사랑 노래/87

김수영 무덤/88

돌을 주제로 한 다섯 번의 흔들림/91

물/95

■ 해설·시(詩)와 방법론적 긴장·김현/97

Ⅰ. 1975~1978

연등(燃燈)

나무들 허물 없이 옷 벗을 때
우리 얼굴 벗고 만나고
나무들 옷 걸치고 무리지어 설 때
우리 다시 귀면(鬼面) 달았다.
흘러라 귀면이여, 우리 사랑은
수상하게 사월 파일 연등놀이에도 끼고
긴 줄 속에 들어가
마음 독하게 걷기도 하지만
남들처럼 웃으며 걷기도 하지만
불 꺼트리고
길 속에 길 잃고 서서
흐르지 않기도 한다.
길 잃은 동안만 우리는 흐르지 않는다.
사람들 떠들며 지나가고
켜진 불빛들이 스쳐가고
우리는 말없이 남는다.
아무 소리도 들리지 않는다.
물 흐르지 않는 소리
들린다, 우리 감춘 마음도
들린다, 아무것도 없이 허약하게

불마저 꺼트리고
흘러라 귀면이여, 우리는……

서로 베기

새로 맺히는 이슬을 털며
메마른 이슬까지 털며
풀을 베었다.
풀과 함께 자른
몇 마리 곤충
상체(上體) 잘린 채 아물대는
아물대는
발들의 시림
잦아들지 않고 잦아들지 않고
이 자리를 끓이는.

바다로 가는 자전거들

1

어둠이 다르게 덮여오는군요. 요샌 어둡지 않아도 오늘처럼 어둡습니다. 이젠 더 자라지 않겠어요, 마음먹은 조롱박 덩굴이 스스로 마르는 창엔 이상한 빛이 가득 끼어 있습니다. 그 빛 속에서 동네 집들이 모두 언덕으로 기어오릅니다. 이상한 빛이 되어 기어오릅니다. 언덕 위에서는 어깨 높은 일단(一團)의 집들이 줄지어 길을 막고 있습니다. 길이 없군요. 없습니다. 한 점씩 불을 켠 채 언덕을 오르는 아이들. 자 문들을 나서 아이들의 길을 걸어보실까요. 아이들은 넘어지지 않습니다. 쓰러집니다. 우리들이 휘청대다 넘어집니다. 모든 것이 너무 가벼워져서 가슴속에 돌아가는 바퀴들과 공기를 밀어넣는 펌프가 보입니다. 그밖에는 아무것도 보이지 않습니다.

2

모두 넘어지고도
날이 저물지 않았어요.
언 빨래들이 묵묵히
매달려 있었어요.

빨랫줄에는 놀란 듯 한두 점
흰 눈이 묻어 있었어요.
잊혀지지 않은 것들은
모두 그렇게 조그맣게
묻어 있었어요.

≪여보세요, 당신은 바다를 보았나요?
≪여보세요, 나는 개를 향해 짖었어요.
≪여보세요, 바다로 가는 길엔
아직 자전거가 달리고 있습니까?
≪여보세요, 요새는
짖는 개도 물어요.

3

또 비탈! 눈 자갈이 튀고 그가 쓰러지고 나도 쓰러졌
다. 자전거는 밭에 들어가 돌고 있었다. 수수 그루터기마
다 한 모금씩 한 모금씩 눈이 녹고 있었다. 그를 일으켜
세우며 나는 바다 냄새를 맡았다. 그의 흰 옷엔 피가 배
어 있었다. 어떤 꽃무늬보다도 눈이 부신, 허리에 크게
번지는 꽃. 또 비탈! 자갈이 튀고 우리는 다시 쓰러졌다.

그가 나를 일으켜주었다. 내 옷에도 피가 배었다. 신기했
다. 내 몸에서도 바다 냄새가 났다. 우리 자전거는 나란
히 달렸다. 서로 살필 필요가 없이.

지붕에 오르기

나이 들며 신경이 멀어지는 것은
즐거운 일
고통은 삐걱거리는 마루처럼
디딜 때만 소리를 낸다.
수리하기로 마음먹는다.
출근하려고 구두를 신을 때
목수들이 신나게 초인종을 누른다.

버스 정류장 옆에 그 소년이 없다.
목발 짚고 일간스포츠 곁에 붙어 서 있던 아이
대신 가죽잠바를 입은 사내가 앉아 있다.

없으면 없을수록 마음 가볍지
난 예수가 아냐
로마 병정도 아니고
예루살렘 대학에서 아랍어를 가르치고
별들이 무사한 것을 보고
행복하지 않고
불행하지도 않고

내가 만만하게 차서 발이 아플

돌멩이는 없었어.

돌아오는 길에는
10층 창 위에서 유리 닦는 사내가
아래를 내려다보는 것을 보았어.
저녁 햇살을 정면으로 받아
빛나는 창, 그 많은 창 하나에 매달려
전혀 빛나지 않게 내려다보는 것을 보았어.

목수들이 파업만 했더라도
예수를 십자가에 달지 못했을 텐데.

목수들은 하루종일 마루를 고치고
나머지 목재로 사다리를 만들었다.
발을 굴러도 마루가 삐걱대지 않는다.
소리가 더 깊이 들어갔을까
더 깊은 데, 우리가 자갈처럼 가라앉아
더 이상 남이 될 수 없는 데.

사다리 둘 곳을 찾다가

이사온 후 처음으로
슬라브 지붕에 올라간다.
각목이 모자라 두 칸은 베니어를 겹으로 붙여
내 가벼운 무게도 모르고 마구 떤다.

떨림이 멎지 않는다 동남쪽으로
모래내 골짜기가 펼쳐져
있다 묘사 덜 된 소설처럼 그러나
신기하게 하나도 빠짐없이 지붕과
굴뚝을 달고 집들이
모여 있고 헤어져 있다 어스름이
내린다 손이 흔들린다 어디선가
낙엽 한 장이 날려와 흔들리는 손에
잡힌다 메말라붙은 신경이
선명하게 보이는,

신경이 모두 보이는 이 밝음!
공포, 생살의 비침, 이 가을 한 저녁.

장마 때 참새 되기

하류(下流) 끊긴 강이 다시 범람한다.
세 번 네 번 범람한다.
외우지 않기로 한다.
—— 물이 지우는 몇 개의 섬.

신문을 읽지 말고
혹은 읽으면서 잊어버리고
몇 번 재주 넘어
——천천히 참새가 된 나와 아내.

비가 내린다.
물이 거듭 쳐들어온다.
새는 지붕 간신히 막아놓고
아들아, 아빠가 춤을 춘다.

창 틈으로 날아들었다가
머리를 바람벽에 부딪히고
눈앞이 캄캄해져서
참새가 참새가 춤을 춘다.

불 끈 기차

불 끈 기차가 지나가지.
저건 신촌 집에서 쫓겨나 변두리로 변두리로
가벼운 마음으로
눈감고 달리는 기차야.
집에 마음쓰면 안 돼.
서 있는 것
꽃나무 몇 그루
이름 서로 아는 친구
아들아, 네 올라가 숨곤 하던 장독대
그런 것에 마음쓰면 안 돼.
움직이는 것을 아껴야 해, 움직이는 것들,
고양이, 참새, 동네마다 뛰노는 아이들,
그리고 네 잠들 때
하늘에서 깔깔대며 달리는 별들, 끝없이 반짝이는 것
들.

≪허지만 아빠,
기차는 수색에서 잘 거야
둥글게 맴돌다 꼬리에 코를 박고.

여름 이사

다시 한번 만져본다.
창틀에서 좌우로 조금씩 벗어나
보일 듯 말 듯 저녁 마당 속으로
서서 엎드려서 서로 간지르며
내리는 여름비.

잘 있거라.
빗줄기 속에 고개 들던
몇 그루 꽃나무들이여
머리 뜨거운 밤
목덜미에 찬물 부어주던 펌프 주둥이여
자정 넘은 뒤
같이 깨어 짖던 동네 개들이여
잘 있거라.
나는 혼자 짖을 것이다.

짖지 못할 것이다.
조그만 아파트 방 책상머리
새벽 두시의 무거운 공기 속으로
읽던 책 모두 띄우고 웅크리고 앉아

어깨에 아이들과 나를 얹고 서 있는
철근의 식은 힘을 느낄 것이다.
웅크리고 앉아
평면으로 누운 세계의 얼굴을
만질 것이다.

여 행

또 이곳에 왔다.
흐림도 비 오다 그침도 눈 마냥 내림도 아닌
십이월 저녁 하늘의 이곳다움
걸어가며 우리는 사진을 찍었다.
네거리와 골목을 찍고
입다물고 동체(胴體)로 남은 집들을 찍었다.
사람들은 모두 한 곳을 향해 서 있었다.
동네 개들도
개 곁에 붙어 선 아이들도
한 곳을 향해 서 있었다.
그들이 향한 곳
사진의 윤곽 밖으로
간척지가 널려 있고 그 속에
바다 놓친 돛배가 서 있었다.
긴 돛대가
배의 한가운데를 찍고 갯벌에 박혀 있었다.
마른 게껍질들이 거품처럼 묻어 있었다.
문질러도 문질러도 지워지지 않는

막 얼 순간 물의
가슴 철렁함.

일 기

하루종일 눈. 소리없이 전화 끊김. 마음놓고 혼자 중얼거릴 수 있음.

길 건너편 집의 낮불, 함박눈 속에 켜 있는 불, 대낮에 집 밖에서 안으로 들어가는 불, 가지런히 불타는 처마. 그 위에 내리다 말고 다시 하늘로 올라가는 눈송이도 있었음. 누군가 보이지 않는 손이 나비채를 휘두르며 불길을 잡았음. 불자동차는 기다렸다가 한꺼번에 달려옴.

늦저녁에도 눈. 방 세 개의 문 모두 열어놓고 생각에 잠김.

"혼자 있어도 좋다"를 "행복했다"로 잘못 씀.

지하실

갑자기 편해진다.
그렇다, 나는 진실을 말했다.
내 계속 울고 있다고
잔뜩 물 먹은 소리로 울고 있다고
주전자 삼킨 채 울고 있다고
삼킨 물 뱃속에서 마르고 있다고
이젠 다른 말 지껄일 수 없다고.

다른 말들, 아침해 앞에서 가슴 펴고 깊은 숨 쉬기, 한
낮 바위 위에서 벌거벗고 춤추기, 저녁해 따라 힘센 나무
들 사이로 달려가기.
혹 자리 바꾸면, 아침해 앞에서 벌거벗고 춤추기, 한낮
바위 위에서 가슴 펴고 깊은 숨 쉬기, 피어나는 뭉게구
름, 저녁해 따라 힘센 나무들 사이에서 떼로 달려나오기,
그 사람 냄새.

벌레 하나 어두운 전깃불 유리에 몸 부딪히며
파닥이고 있다.

나는 바퀴를 보면 굴리고 싶어진다

나는 바퀴를 보면 굴리고 싶어진다.
자전거 유모차 리어카의 바퀴
마차의 바퀴
굴러가는 바퀴도 굴리고 싶어진다.
가쁜 언덕길을 오를 때
자동차 바퀴도 굴리고 싶어진다.

길 속에 모든 것이 안 보이고
보인다. 망가뜨리고 싶은 어린 날도 안 보이고
보이고, 서로 다른 새떼 지저귀던 앞뒤 숲이
보이고 안 보인다. 숨찬 공화국이 안 보이고
보인다. 굴리고 싶어진다, 노점에 쌓여 있는 귤,
옹기점에 엎어져 있는 항아리, 둥그렇게 누워 있는 사
람들,
모든 것 떨어지기 전 한번 날으는 길 위로.

말하는 광대

말하는 광대가 밤새 말을 씹었다.
말들이 끊기지 않으려고 서로 얽혔다.

눈 몇 송이
바람에 뜨고

수레가 지날 때마다
길들이 끊기지 않으려고 서로 얽혔다.
밤새 수레가 지나가고
수레가 갈 때마다
가슴이 패었다.
가슴과 가슴이 끊기지 않으려고 서로 얽혔다.
가슴의 흙이 짓이겨졌다.

눈 몇 송이
바람에 뜨고.

꿈, 견디기 힘든

그대 벽 저편에서 중얼댄 말
나는 알아들었다.
발 사이로 보이는 눈발
새벽 무렵이지만
날은 채 밝지 않았다.
시계는 조금씩 가고 있다.
거울 앞에서
그대는 몇 마디 말을 발음해본다.
나는 내가 아니다 발음해본다.
꿈을 견딘다는 건 힘든 일이다.
꿈, 신분증에 채 안 들어가는
삶의 몽땅, 쌓아도 무너지고
쌓아도 무너지는 모래 위의 아침처럼 거기 있는 꿈.

우리 죽어서 깨어날 때

나는 이야기를 들고 친구에게 갔다.
이야기를 들고
이야기의 두 다리를 매고
날개 묶고
모자 씌우고
낮에 녹았던 땅 다시 소리없이 어는
여섯시, 지령(地靈)처럼 말없이 걷는 사람들 사이로
이야기의 머리 누르며 친구에게 갔다.

친구는 문간에서 주위 살피고
마당으로 맞아
이야기와 나를 풀어놓았다.
풀어놓았다.
이야기는 문을 나섰다.
우리는 길을 떠났다.

편자 박지 않은 망아지 셋이 걸어간다.
물은 모두 살얼음으로 녹았다 얼고
땅을 짚는 우리의 발목
시리고 훈훈하다.

우리는 어디엔가 멎었다.
마당에는 백목련 몇 그루가
어둠 속에 빛나는 창(槍)들을 세우고 있었다.

풀린 이야기, 이야기, 아아
마음 해달기 전 우리 삶의 창(窓)이여!

편지 2

이곳 오후는
공기 반쯤 빠진 풍선 같습니다.
아무도 날 수 없습니다.
발에 걸립니다.
새들도 나는 시늉만 합니다.
겨울 산의 어깨는 하얗지만
하얗게 타고 있지만
허리께부터는 낙엽을 아직 달고 서 있는
병든 겨울나무 색깔입니다.
불행이라니, 당신은 행복유무주의자(幸福有無主義者)시
군요.
오늘은 종이 다섯 장에
행(行)을 이루지 못하는 낱말들을
가득 썼습니다.
그 낱말들은 숨을 들이쉬고 있었습니다.

　* 오 년 전에 나는 편지 형식의 시 한 편을 인도 시인 슈리
칸트 바르마에게 썼다(이 시집 III부의 「편지 1」). 그에게 보내
는 두번째 편지다. 팔 년 전에 아이오와 대학 국제 창작 계획
회원으로 있었을 때 사귄 친구로 예리하고 따뜻하고 가난한 시

인이었다.

「편지 1」은 꽤 비관적인 작품이었다고 생각된다. "이제 편지 더 주지 마십시오"라는 구절까지 들어 있었으니까. 「편지 2」는 그래도 행복론자(幸福論者)를 벗어난 나를 보여준다. 「편지 3」에서는 또 무엇을 벗어난 내가 보일 것인가?

맨 홀

눈이 다시 내리는구나.
낮에도 어둡지.
자, 창에서 얼굴을 돌려 눈 크게 뜨고
네 감추고 다닌 이 칼을 봐라.
잭나이프 쓰는 법은 이렇다.
펼 때는, 아들아, 잽싸게 잘 보이게 펴야 해.
그러나 자연스럽게
팔짱 끼듯이
팔짱 끼고 슬며시 걷듯이
그리고 찌르지는 않더라도
상대방의 심장은 알아야 해.
손과 얼굴이 굳어도 가슴에 뛰는 것이
심장이다.
봐라, 이 뛰는 것
멀리서도 그게 보여야 해.

≪허지만 아빠,
난 어제 주머니에 손 찌르고
슈퍼마켓까지 갔어.
오는 길에 자동차에 치인 애를 봤어.

순경이 오기 전에 자세히 봤는데
손발이 움직이는데도
가슴 뻐개진 틈으로 뛰는
심장 같은 건 없었어.
피가 흘러나와 곧장
맨홀 구멍으로 들어갔어.

정원수(庭園樹)

우리는 나무를 심었다.
얌전한 것들만 골라
말없는 시종들처럼
그들은 서 있다.
입 감추고 얼굴 감추고
발소리도 감추고
팔만 달고.

잎을 들어보일까요.
이쪽을 보세요.
(모두 팔을 든다.)
아직 꽃은 피지 않았어요.
마음속으로 벌써 폈다 진 놈도 있지만
내년 봄에 핍니다.
(모두 팔을 내린다.)
그때까지 당신과 아이들 옆에
말없이 서 있겠어요.
(못박힌 손으로 뿌리들이 땅속을 헤집는다.)

전지(剪枝)하고 문 잠그고

우리는 안심하고 잠이 든다.
외등(外燈)이 우리의 집을 지킨다.
집이 튼튼하다.
튼튼하다, 우리의 잠도.
무언가 안에서 술렁거리고
식구들이 문득 허우적거릴 뿐.
쳐들어왔다, 쳐들어왔다,
손마다 갈구리와 몽둥이 들고
안에서 쳐들어왔다.
나무들이 쳐들어왔다,
허나 꿈속에서 눈감고
우리의 잠은 튼튼하다.

초가을 변두리에서

쨍하며 해가 빨리 진다.
아이들이 달려가다 그림자에 붙들린다.
채 빠지지 않고
여기저기 쓰레기 사르는 불로 남아 있는 여름.

지난 여름에 대해서는 묻지 마시압.
저 숨죽여 타는 불
나무들이 조용히 수척한 머리를 저을 뿐
우리 세대를 용서하시압.
——여기는 지옥이 아니다, 서울이다.
이 밀물도 되고 썰물도 되는 세상에서
인간처럼 살려 한 것 용서하시압.
——끼울대는 바위의 물거품.

혹은 용서 마시압.
바람 불다 멎고
모든 꿈 타올라 구름으로 하늘에 뜰 때
질 일 두려워 봉오리로 남은
부호(符號)로 모인 우리를
용서 마시압.

모래내

모래 위로 손 잡고 나란히 서서
방금 물결에 지워지고 있는
나무와 새와 자전거와 사람들,
모래내의 굴뚝들,
하늘에 별 몇 개만 지워지지 않는다.
아랫도리부터 지워지다 말다
다시 지워지는 추억,
검은 가지에서 불을 끄는 꽃들.

오 슬라브 지붕이여, 바람에 불리는
모두 기어 내려오는,
발 헛디디며 몸이 쏠려
모래 위에 서서 비틀거리는,
아랫도리부터 지워지는
우리의 모습.

차렷!
엎드려뻗쳐!
(삶아, 삶아, 엿이다.)

Ⅱ. 1976

눈 내리는 포구

그대 어깨 너머로 눈 내리는
세상을 본다.
석회의 흰 빛
그려지는 생(生)의 답답함
귓속에도 가늘게 눈이 내리고
조그만 새 한 마리
소리없이 날고 있다.

포구로 가는 길이
이제 보이지 않는구나.
그 너머 섬들도
자취를 감춘다.
꿈처럼 떠다니던 섬들,
흰빛으로 사방에 쏟아져
눈 맞는 하늘
자취를 감춘다.
그대와 나만이 어깨로 열심히 세상을 가리고

아니 세상을 열고……
그대의 어깨를 안는다.

섬들보다도 가까운
어떤 음탕하고 싱싱한 공간이
우리 품에 안긴다.

사랑의 뿌리

1

내 고향은
그대 홀로 걸은 곳.
그대 고향은
내 황홀히 매맞은 곳.

우리 고향은 이제 잠들고
때린 자들도 잠들고
겨울이 오고
낡은 철선(鐵船)들이 정박해 있다.

고향도 얼굴도 모두 벗어버리고
몸에 춤만 남은 우리
바다는 갑자기 부풀어오르고
땀 흘리며 바삐 녹 닦는 배들.

2

지금 사랑은 아무것도 아니기.
사랑, 그 엄청나게 흐린 날
거리 가득 눈 퍼부은 저녁

차(車)들이 어둡게 막혀 있는 거리
갇힌 택시 양편에 죽마(竹馬) 붙이고
세차게 뛰는 엔진 감싸안고
양옆구리에 단 죽마 짚고
경중경중 뛰어가기.
앞이 막히면 좌우로 뛰기.
그대 팔을 들면
사랑, 그 조그만 서랍들을 모두 열고
엉켰던 핏줄 새로 빨며
흐린 구름 뚫고
함께 떠오르기.
눌렸던 춤이 튀어오른다.
지금 사랑은 아무것도 아니기.

3

우리는 이쁜 아이들이야
우리는 이쁜 아이들
우리는 이쁜

아아 이뻐라

우리는 열려 있다.

창밖에 얌전히 서 있는
나무들도 바쁘다.
땅속으로 서로 더듬다가
잠시 호흡 멈추고
뿌리와 뿌리를 마주 댄다.
아아 이뻐라

우리는 이쁜 아이들
우리는 이쁜.

4

돌이 허리 굽혀 눈을 헤치고
돌을 물었다.
물린 돌이
환히 웃는다.
주저없이 바람이 멎고
가득찬 달이 뜨고 있다.

잊혀진 별들까지 모두 모여
끝없이 끝없이 빛나는 하늘
이제 사랑은 아무것도 아니기.

저 구름

저 구름 좀 봐
용 같지, 무엇엔가 물린
용 같아.
흐르지도 못하고 엎드려 있어.

용에도 외로운 용이 있겠지.
채 용 못 되고
도시(都市) 상공에 떠돌다 여백(餘白)으로
사라지는 놈도 있겠지.
좀 모자라는 용도 이뻐라.
구름과 구름이 만나
같이 흐를 때
끼이지 못하는 구름도 이뻐라.

서로 만난 구름과 구름의 일행이
서둘러 떠난 후
문득 서녘 하늘에 밀려
자지러질 듯 불타는 구름.

생략할 때는

생략할 때는 침묵 앞에서
혀가 망가지기.
손으로 말하기.
손이 그을 수 있는
섬세한 몇 개의 선(線).

한 선 끝에
그대 가고
다른 선 보이지 않는 저 끝에
내가 오고 있다.

선들이 '모월모일(某月某日) 흐림'으로 어두워지고
늦은 눈 내린다.
눈 옷에 몸 익힌 나무들이 따로따로
그러나 편안히 서서, 그 편안함으로
보이지 않는 곳에서
우리를 서로 보게 한다.

손이 긋는 몇 개의 선
생략할 때는.

어젯밤 말 한 마리

어젯밤 말 한 마리 울타리 넘어 달아나
아침 안개 속에 돌아왔다.
울타리 위로
네 다리 스치듯 뜨고
꼬리털이 떨고
안개가 울타리 너머로 넘쳐내린다.
우리 안에서 이리저리
다른 말들이 피해다닌다.
턱을 줄이고 온몸이 충전(充電)되어
말은 오전 들판을 내다보고 있다.
목수들은 울타리 높이느라 한창이다.
말은 알고 있다.
온 세상이 한우리 속임을,
울타리를 높이면
다시 들어올 수 없을 뿐임을,
말은 오전 들판을 내다보고 있다.

오늘은 아무것도

오늘은 아무것도 하고 싶지 않다.
아침에 편지 반 장 부쳤을 뿐이다.
나머지 반은 잉크로 지우고
'확인할 수 없음'이라 적었다.
알 수 있는 것은 주소뿐이다.
허나 그대 마음에서 편안함 걷히면
그대는 무명씨(無名氏)가 된다.
숫자만 남고
가을 느티에 붙어 있는
몇 마리 까치가 남고
그대 주소는 비어버린다.
아침은 거르고
점심에 소금 친 물 마셨을 뿐이다.
우리에 나가
말 무릎 상처를 보살펴준다.
사면에 가을 바람 소리
울타리의 모든 각목(角木)에서 마음 떠나게 하고
채 머뭇대지도 못한 마음도 떠나고
한치 앞이 캄캄해진다.
어둠 속에

서서 잠든 말들의 발목이 나타난다.

내일은 늦가을 비 뿌릴 것이다.

뒤돌아보지 마라

뒤돌아보지 마라 돌아보지 마라
매달려 있는 것은 그대뿐이 아니다.
나무들이 모두 손들고 있다.
놓아도 잡고 있는 이 손
목마름,
서편에 잠시 눈구름 환하고
목마름,
12월 어느 짧은 날
서로 보이지 않는
불 켜기 전 어둠.

서서 잠드는 아이들

서서 잠드는 아이들
우리는 서서 잠드는 아이들
달빛 속에 어는 들판을 질러 올 때
말없이 '우리'를 이루는 아이들.
서로 깊은 생각에 잠겨
시내를 건널 때
얼음이 든든한가 두드려보지 않았다.
약속이 두드려지지 않았다.
손, 발, 발가락, 달고 있는 것들이 모두 얼었다.

앞산에 산불이 인다.
옆의 아이가 잠자며 노래부른다.
다른 아이는 잠속에서 소리없이 웃는다.
꿈에서 함께 놓여나며
우리는 그 웃음이 노랫소리임을 알아맞힌다.

우리는 서서 잠드는 아이들
서서 노래와 울음을 끝내는 아이들
끝내지 않으려고
함께 서 있는 아이들.

앞산에 산불이 인다.
그대 나를 신나게 벗고
내 탈 벗고
흔적 없이 그대를 벗을 때까지
옷과 함께 얼굴도 벗고 춤의 탈도 벗고
춤의 핏줄이 보일 때까지
우리는 서서 잠드는 아이들.

앞산에 산불이 인다.

그대 뒤에 서면

그대 뒤에 서면
흐린 들판 들여다보고 있는
그대 뒤에 서면
같이 걷다 걸음 멈춘
그대 뒤에 서면
모든 것이 새벽 꿈으로 환해진다.

석등(石燈) 뒤에 늦춰 서서
머리 나직이 숙인 또 하나의 석등.

그대 걸음 옮겨
돌다리를 건너면
봄에 새로 깨어나는 시냇물의
아라한(阿羅漢)들이 저절로
소리내고 있다.
몸에 담긴 소리 그대로
드러내는 소리
소리내는 것들이 모두 환하다.

아는가 아는가

새벽 시냇물 빛
돌다리와 그대와 나를
싸고 도는 아라한들의
환한 아랫도리
환한 땅과 하늘이 비치는 빛.

아는가 아는가
따로 기울이던 귀 녹고 혀 녹고 얼굴도 녹고
말 한마디로 더듬는 우리.

맨발로 풀 위를

맨발로 풀 위를 걷는 저녁
수박색 치맛단을 적시며
주황색 도랑 물이 흐르고 있다.
기억의 한가운데가 조금씩 밝아진다.
막(幕)이 열리고
산들이 멀리 낮아지고
그대와 내가 거석(巨石)처럼 서 있다.
자라는 풀들을 온통 종아리에 달고
그대와 내가 서 있다.

우리는 수상한 아이들

우리는 수상한 아이들
우리는 기웃대는 아이들
이 세상 거리에서
도둑처럼 살며
열린 집 열린 사람 만나면
온몸으로 떨고.

온몸 떨려 모든 관절 풀려
떨음 감추기,
낯선 골목 끌려가지 않기,
어느 저녁 들켜
한 마당 두드려지고
어둠 속에 눈뜰 때
낯선 골목 낯익어지지 않기.

우리는 수상한 아이들
서로 떨어져도 복수(複數)로 살며
어느 하루 어느 아침
어느 하늘 속에서도
도둑으로 살며.

Ⅲ. 1972~1975

성긴 눈

──김병익에게

부끄러워라.
문패와 아이들이 붙어 있는 집을 잊고
총 들고 아라한이 된 자들, 그들의 탈속(脫俗)을 밀고
털도 밀고 털과 함께 인연도 밀고
다도해(多島海), 생선들이 멋모르고 뛰는,
낮과 밤이 주책없이 섞이는,
다도해 섬들 사이로 아조아조 숨어
발동선 밑창에 네 발 깔고 엎드려
사흘 밤 사흘 낮을 소주로 내장(內臟) 깨끗이 씻고,
아슬아슬하게 간지러운
이백여 점 뼈도 시리도록 씻고,
이 악물고
마지막 남은 마음도 쏟아버리고,
갑판에 긇어 엎드린 생(生)의 빈 찰나에
한두 마디씩 내리는 성긴 눈발
가죽과 발바닥을 식히는 이 싸늘함.
그 한두 마디를 비명처럼 열고 들어가
깨어 있자 깨어 있자 되뇌이며
우리 사는 집 위로 떨며 내린다.
아이들이 불현듯 울지 않고 잠드는

밤에도 내리고
불 끈 갈현동에도 남가좌동에도
부끄러워 구석에 세워둔
꿈에도 내린다.

계엄령 속의 눈

아아 병든 말〔言〕이다.
발바닥이 식었다.
단순한 남자가 되려고 결심한다.
마른 바람이
하루종일 이리저리
눈을 몰고 다닐 때
저녁에는 눈마다 흙이 묻고
해 형상(形象)의 해가 구르듯 빨리 질 때
꿈판도 깨고
찬 땅에 엎드려
눈도 코도 입도 아조아조 비벼버리고
내가 보아도 내가 무서워지는
몰려다니며 거듭 밟히는
흙빛 눈이 될까 안 될까.

초가(楚歌)

나는 요새 무서워져요. 모든 것의 안만 보여요. 풀잎
뜬 강에는 살 없는 고기들이 놀고 있고 강물 위에 피었다
가 스러지는 구름에선 문득 암호만 비쳐요. 읽어봐야 소
용없어요. 혀 잘린 꽃들이 모두 고개 들고, 불행한 살들
이 겁 없이 서 있는 것을 보고 있어요. 달아난들 추울 뿐
이에요. 곳곳에 쳐 있는 세(細)그물을 보세요. 황홀하게
무서워요. 미치는 것도 미치지 않고 잔구름처럼 떠 있는
것도 두렵잖아요.

낙백(落魄)한 친구와 잠을 자며

창밖에선 매맞지 않은 눈이 내리고 있지. 낮에 들여논 난(蘭)이 고개 숙였어. 일생을 다 합쳐도 돌아누워 오래 말없는 네 등의 끝없는 공백을 다 메울 수 없을 것 같구 나. 흰 머리카락 몇 오리가 곤두서서 너도 잠 이루지 못 함을 알리고 있다. 우리의 모든 과거에 어둠이 내리고, 어둠 속을 복수(複數)로 웃는, 웃다웃다 떨어지는 눈발이 내리고 있다. 수백 명 사내와 함께 누운 것처럼 잠도 방 황도 시작되지 않는구나. 오래 놀던 새 갑자기 사라지듯 우리 다시 태어나지 않을 모든 마을은 온통 허황하고 슬 프리라.

아이들 놀이

아빠, 나도 진짜 총 갖고 싶어,
아빠 허리에 걸려 있는.

이 골목에서
한 놈만 죽일 테야.

늘 술래만 되려 하는
도망도 잘 못 치는
아빠 없는 돌이를 죽일 테야.

그놈 흠씬 패기만 해도
다들 설설 기는데,
아빠.

새 들

새들을 부르세요
우는 새들을
갑자기 달아나는 새들을
혹은 알 속에서 이미
어른이 되어
할 말을 않고 있는 새들을.

다리를 마른 나뭇가지처럼 꺾어 붙이고
한 줄로 날아가는 새들.

언덕에서 내려다보면
불빛도 눈물도 없는 밤중에
어디선가 할 말을 않고
날으는 새들.

편지 1
——슈리칸트 바르마에게

지난 겨울에는 얼음이 모두 녹아 땅을 적셨고
올 봄에는 바람만 몹시 불었습니다.
이번 여름에는 미칠 듯 가을을 기다릴 것 같고
가을에는 또 꽝꽝한 얼음장이나 기다리며 살겠습니다.
산불이 몇 번 켜졌다
소리없이 스러지겠지요.
부디 당분간 편지 주지 마십시오.
인도(印度)의 의젓한 성전(性殿) 사진이나 몇 엽
두 나라 세관의 눈을 피해 보내주십시오.

　　* 인도 시인 슈리칸트 바르마는 아리안족답지 않게 키가 작고
통통한 사내다. '국제 창작 계획'의 주선으로 미국 아이오와시에
서 7개월간 같은 아파트 건물에서 사는 동안 우리는 두어 차례
다툰 일이 있다. 너무도 코즈모폴리턴연했던 그의 생관(生觀)이
내 신경을 건드리곤 했기 때문이다. 그러나 다툰 다음날 우리는
서로의 방문을 두드려 값싼 포도주병을 몇 개씩 눕히곤 했다. 지
난 편지에 그가 당뇨병으로 고생한다고 하니 인도의 술들이 연륜
을 쌓겠구나.
　　인도의 잘못을 용서 없이 질책하던 그가 그립다. 그 그리움이
어느 날 밤 이 시를 쓰게 했다.

그 나라의 왕

자음(子音)만 몇 개 중얼거리고
눈이 먼 채
눈이 내리고 있었다.

툇마루에 주저앉아 몸을 떨고
발을 뽑을 때
문득 마당의 설레임
마음에서 밀리는 마음의 것들.

어제도 오늘도 들여다보았다.
천리경(千里鏡) 속에는 바람 막힌 길이 있고
나처럼 우울한 사내들이
두 줄로 나란히 서서
포탄과 옥쇄(玉碎)를 주고받고 있었다.

가만
문이 열린다.
밀린 듯이 들어오는 사내
쇠가죽 낀 얼굴에
꽉 차는 눈

아무것도 보이지 않는다.
그의 손에 들린 쇠스랑
알았다는 듯이
불쑥 오른다.

이마 위에서
빛나는 쇠스랑.

바닷새들

어시장(魚市場)도 끝나고 고기들도 자리 뜨고
배들은 찬물에 배 담그고
닻줄 거머잡고 떨며
별빛 뚫린 겨울 하늘
하늘의 전부를 올려다본다.

가볍고 자주 떠는 살을 나도 가졌다.
어둠 속에 두 날개 꼭 끼고
바닷새들이 날아와
작은 부리로 떨며
허공을 쪼는 소리 들린다.
덮어씌운 하늘 어느 한편에
형(刑)틀처럼 날개 지닌 조그만 자들.

기다려,
방파제 뒤로 멀리 물러간 바다를
어디선가 만나
모든 살로 껴안고
미친 듯 쪼아댈 때를.

세 줌의 흙

자장가

장난감 말이 쓰러져 뒹군다. 아니, 잠이 깬다. 몇 마디 아픈 말이 뱉아지지 않는다. 잠시 비 뿌리며 밤개 짖는 소리, 몇 개의 평면으로 사라졌던 아내와 아이들이 다시 돌아와 꿈틀거린다. 들키고 싶지 않구나. 눈을 감고 그들이 다시 사라지기를 기다린다. 그래요, 눈을 감으세요. 그리고 하늘 한가운데서 먹구름이 조금씩 꺼지고 있는 것을 들여다봐요. 가장자리에선 잔비가 뿌리고, 비 맞는 어떤 섬에서도 그대를 그리워하는 흙이 귀면(鬼面)으로 취해 기다리고 있어요. 자세히 봐요, 그대도 흙이에요. 조금은 부끄럽고 조금은 분한 대로 흙이 진하게 흙이 되려 하고 있어요. 몇 마디 말은 내가 쫓을 게요. 멀리 멀리, 또 멀리. 따뜻한 빗물 속에서 흙이 흙에 녹고 있는 것을 보세요. 이제 아무것도 안 보이죠. 자, 뒹굴어요. 그리고 눈을 떠봐요. 장난감 말이 쓰러져 뒹군다. 몇 마디 아픈 말이 뱉아지지 않는다.

들 불

얼굴 가린 비들이 내리고 있어요. 잿빛 복면(覆面)들이 불빛 속에 빗물에 젖어 빛나요. 울타리 넘어 번지는 들불을 따라 정신없이 달리다 도처에서 들불이 죽는 것을 보고 있어요. 어떤 불길은 힘없이 쓰러져 잦아들고 어떤 불길은 마지막 치솟아 분노에 찬 얼굴처럼 공중에서 눈 휩뜨고 떨며떨며 오래오래 사라지지 않아요. 작은 불길들 북 치던 손 사라진 잔 북소리들처럼 이리저리 흩어져 울고, 울음의 앞에서도 뒤에서도 얼굴 없는 비가 자꾸 내려요. 내리고 있어요.

서울 1972년 가을

이 악물고 울음을 참아도 얼굴이 분해되지 않는다. 이상하다. 마른 풀더미만 눈에 보인다. 밤에는 눈을 떠도 잠이 오고 바람이 자꾸 잠을 몰아 한 곳에 쌓아놓는다. 1972년 가을, 혹은 그 이듬해 어느 날, 가는 곳마다 마른 풀더미들이 쌓여 있다. 풀 위에 멧새가 죽어 매어달리고 누군가 그 옆에서 탈을 쓰고 말없이 도리깨질을 하고 있었다. 여기저기 그리고 내가 서 있는 자리에, 마음 모두 빼앗긴 탈들이 서로 엿보며 움직이고 있었다.

수화(手話)

1

남들이 삭발했을 때, 삭발 그 때이른 눈발, 너는 아래 털을 밀었어. 아내가 불현듯 웃고, 웃음 그 얼음긴 벗음, 나선(裸線)의 전깃불로 어둡게 켜진 밤들, 너는 소리질렀어, 어둠 속으로 소리를, 열 개의 손가락으로.

어둠 속에선 힘없는 눈발이 날리고 있다. 네 절반 웃고 나머지는 웃는 너를 바라보기다. 낄낄대는 소리. 네 전부 웃고 나머지는 웃지 않는 너를 바라보기다. 낄낄대는 소리. 자세히 들으면 침묵. 어둠 속에선 힘없는 눈발이 날리고 있다. 네 걸치고 다닌 신발 모두 모아 뒤집어놓고 네가 병(病)처럼 지나가기를 기다린다. 기다리는 열 개의 손가락들. 어둠 속에선 힘없는 눈발이 날리고 있다.

2

이건 집이고
저건 나무다
이건 조그만 집이고
저건 조그만 나무다
이건 네가 사는 조그만 집이고

저건 네가 심은 조그만 나무다
이건 웃지 않는 네가 사는 조그만 집이고
저건 자주 깨는 네가 살리려는 조그만 나무다
너는 밤마다 혼자서 중얼거린다.
밖에선 무서리가 조용히 내리고
같은 자리에서 밤개가 짖고 있다.
가장 나은 패를 벌려놓고
가장 나은 패 펴놓은 표정으로
너는 속이기 연습을 한다.
이건 주위 살피지 않으려는 네 눈이고
저건 전신(全身)이 매달리는 네 눈물이다.
속이기, 아내와 아이를 팔진(八陣)에 벌려놓고
너를 감추기, 손이 떨어진다.
이건 집이고
저건 나무다.

3

　오늘은 날이 맑았어. 신경써져. 그놈은 돌아와 마누라
를 세 번 조지고 다음날 오후엔 또 오입을 했어. 더 쉬운
말은 말기로 하자, 쉬운 말들, 사람, 사람다움, 자유, 대

포(大砲)로 쏘아도 들리지 않는 말들. 다 비었다 속삭이는 술병처럼 너는 두 손을 벌린다.

술집 밖에는 공짜 달이 떠 있다. 너는 돌아서서 오줌을 눈다. 네 그림자도 비틀대며 오줌을 눈다. 어깨 힘을 빼고 천천히 너는 주먹을 휘두른다. 그림자는 한 발 물러서서 낄낄대며 네 목을 조이는 시늉을 한다.

정감록 주제에 의한 다섯 개의 변주

탈

탈이로다, 탈이야
구정(舊正)부터 탈을 쓰고
탈끼리 놀다
오광대 별신굿
큰집 울 밖에서
정신없이 뛰다
연말에 탈 벗으면
얼굴의 뒤꿈치도 보이지 않아
동네마다 기웃대며
자기 얼굴 찾다가
오기로 탈을 겹으로 쓰고
구설수(口舌數) 낀 주민들을 찾아볼거나
탈 면(面)에 뜬 허한 웃음의 가장자리는
밤술의 공복(空腹)으로 조심히 닦고.

송장헤엄

이가 자꾸 시리다.
해어진 마음 기워 입고
맞지 않아 뒤집어 입고

다음날 또 뒤집어 입고
여하튼 살아가기로 작정한다.
'여하튼,' 이 말이
흐린 작문(作文)처럼 들리는구나.
잃어버린 바늘은 마음 한구석에 박혀
더듬을 때마다 찌른다.
찔러,
거듭 찔러,
끓을까 말까 주저하는 뱃속의 물
배고파도 짖지 못하는 개들의 떼
수풀마다 머리를 덤불에 박고
숨죽이고 떠는 꿩들,
그리고 드러누워
흘러가는 나를.
찔러,
아직 움직이는 심장의 어디
아직 덜 먹힌 땅의 어디
혹은 철망의 가시처럼
무수히 박혀 희미하게 녹스는 저 별들 아래
숨쉬는 곳이면 누운 자도,

찔러.

십승지(十勝地)

선조(先祖)들, 선조들, 마음 독하게 먹은 붕(鵬)새들.
누런 안개 일어 방에 기어들고 하늘에 검은 구름 모이고
논밭에선 뭇개구리 우짖을 때.

난리다 난리. 하룻밤 새고 나면 어떤 자는 나귀 타고,
어떤 자는 소 타고, 어떤 자는 맨발로, 재 넘고 내 건너
비 맞고 눈 쓰고 해어진 볼기에는 바람도 끼고, 눈비 섞
여 막(幕)처럼 내리는 산속, 풍문처럼 열수록 닫히는 곳
으로 몰려가는 저 사람의 떼. 아이들, 강아지들, 섣불리
우는 닭들, 하루 이틀 사흘 뛰다보면 인마가 강물처럼 넘
쳐, 풀리지 않는 저 강물들, 열 곳에서 흘러내리는 열 줄
의 물결은 이리 꿈틀 저리 꿈틀 출렁출렁 꿈틀꿈틀, 어떤
물결 원주 철원 지나 관북(關北)으로 빠지고, 어떤 물결
전주 광주 목포에 닿고, 어떤 물결 한성에 붙고 평양에
붙어, 꿈틀꿈틀 출렁출렁 오도가도 못 하고 두 줄 세 줄
서로 얽히기도 하고, 그때마다 외상 밀린 주모의 신발도
밟고 군노사령과 박치기도 하고, 참새도 날고 까치도 짖

고 아이도 울고, 출렁출렁 꿈틀꿈틀 끝없는 저 행렬들,
저 율동들!

그렇다, 어떤 외적이 저 열 줄의 행렬을 흩트릴 수 있
단 말인가. 철기(鐵騎)로 끊으면 다시 이어 붙고, 강궁
(强弓)으로 부수면 다시 꾸역꾸역 몰려와 빈자리를 메웠
을 것이다. 흘러내린다, 지금도, 마음에서 무엇이고 도려
낼 때면. 도려낸 누런 안개 검은 구름 뭇개구리 울음 소
리, 저 행렬, 풍문, 생(生) 한가운데서 저절로 움직이는
우리의 사지(四肢).

소형 백제불상(小形 百濟佛像)

슬픔도 쥐어박듯 줄이면
증발하리, 오른발을
편히 내놓고, 흐르는 강물보다
더욱 편히, 왼팔로는
둥글게 어깨와 몸을 받치고
곡선으로 모여서 그대는
작은 세계를 보고 있다. 조그만
봄이 오고 있다. 나비 몇 마리

날고, 못가에는 가혹하게
작고 예쁜 꽃들도 피어 있다.
기운 옷을 입고 산들이 모여 있다.
그 앞으로 낫을 든 사람들이 달려간다.
그들은 어디로 가는가.
어디로, 그리고 우리는?
그대는 미소짓는다.
미소, 극약(劇藥)병의 지시문을 읽듯이
나는 그대의 미소를 들여다본다.
축소된다, 모든 것이, 가족도 친구도
국가도, 그 엄청나게 큰 것들,
그들 손에 들려진 채찍도
그들 등에 달린 끈들도, 두려운 모든 것이 발각되는 것
으로,
돌이킬 수 없는 엎지름으로,
엎지름으로, 다시는 담을 수 없는.

소　리

돌들이 다시 희어진다, 변하는 우리. 소리, 물이 하상
(河床)을 벗어나는, 말의 물을 모두 쏟아버리고 전신(全

身)이 공중에 날아올라 바람에 불려가는 소리, 불려오는 소리, 들 가득히 쌓였다가 들 가득히 자신을 태우는 소리, 너울대는 얼굴들, 잔뼈들이 미치는 소리. 우리가 우리의 잠속에서 감쪽같이 울 때 잠속에 깜쪽같이 스며들어 와 우리가 되어 우는 소리. 우리 모두가 문신(文身)이 되는 소리. 살 어디에고 빈틈없이 새겨지는 이 저림들.

아버지가 죽은 후 아버지가 명당(明堂)마다 타오른다.
명당이 죽은 후 명당이 우리 자리에 타오른다.
우리가 죽은 후 우리가 흰 옷 입은 도적이 되어 타오른다.
흰 옷 입은 도적들, 빨래 같은, 도처에 널린 저 흰 천들.

죽음이 저질러졌다. 바람 소리들이 되돌아왔다. 던진 돌도 되돌아오고 깨어진 머리들도 되돌아왔다. 삭제된 문장들도 삭제된 채 되돌아왔다. 골목에 파수 세우고 문서 태우고 우리가 습격하는 우리의 집들, 소리 소리 우리.

조그만 사랑 노래

어제를 동여맨 편지를 받았다.
늘 그대 뒤를 따르던
길 문득 사라지고
길 아닌 것들도 사라지고
여기저기서 어린 날
우리와 놀아주던 돌들이
얼굴을 가리고 박혀 있다.
사랑한다 사랑한다, 추위 환한 저녁 하늘에
찬찬히 깨어진 금들이 보인다.
성긴 눈 날린다.
땅 어디에 내려앉지 못하고
눈뜨고 떨며 한없이 떠다니는
몇 송이 눈.

더 조그만 사랑 노래

아직 멎지 않은
몇 편(篇)의 바람.
저녁 한끼에 내리는
젖은 눈, 혹은 채 내리지 않고
공중에서 녹아 한없이 달려오는
물방울, 그대 문득 손을 펼칠 때
한 바람에서 다른 바람으로 끌려가며
그대를 스치는 물방울.

더욱더 조그만 사랑 노래

연못 한 모퉁이
나무에서 막 벗어난 꽃잎 하나
얼마나 빨리 달려가는지
달려가다 달려가다 금시 떨어지는지

꽃잎을 물 위에 놓아주는
이 손.

김수영 무덤

첫째 갈피

나무들이 모두 발을 올린다.
지루하고 조용한 가을비
내리며 내리며 저녁의 잔광(殘光)을
온통 적신다.

우산을 잠시 묘비에 세워놓고
젖은 마음을 잠시
땅 위에 뉘어놓고
더 붙들 것이 없어 나는
빗소리에 몸을 기댔다.
등에 등을 대어주는 빗소리.

빗소리 속에도 바람이 부는지
풀들이 흔들리는 것이 보인다.
나뭇잎들이 흔들리고
가지들이 흔들리고
이 악물고 그대가 흔들리고
마지막으로 다시 풀들이 흔들린다.

뿌리뽑힌 것들은 흔들리지 않는다.

둘째 갈피

서울 근교의 산이 모두 얼어 있다.
한편에 밀려 남아 있는 그대의 언덕
하늘은 자꾸 어두워가고
아직 남은 말들은 하나씩 힘을 풀고
눈송이로 떨어진다
내려앉은 눈송이들
머리에도 어깨에도 손등에도 마음 위에도.

살에서 나를 털어버리고 싶다.
그리곤 시린 살만이 남아…… 살의 시린 채찍 소리,
휙 휙 사면에서 점점 자라는
눈송이들, 한 송이 두 송이 열 송이 또 열 송이
공중에서 몇 번 멈칫대다
하나씩 고개 들고 흰 새가 되어,
아 발톱까지 흰 새들.

자세히 보면 이상한 불도 켜 있다.

지평선의 작은 한 뼘
나머지는 밟고 있다 온통 얼은 발들이.
쉬우리 짧은 금이 지우기 쉬우리
아이들이 외로울 때 무심히 지우리.

흰 새들이 불을 끄고 다시
눈송이로 떨어지는 이 언덕.

돌을 주제로 한 다섯 번의 흔들림

작은 돌

큰 돌이 작은 돌을 쳐서 부서뜨리는 것을 보았습니까. 마음 흔들린 돌들이 머뭇대며 눈길을 돌리는 것을 보았습니까. 뜨겁고 아픈 빛 사라지고 등들을 보이며 모두 함께 식어가는 저녁 무렵, 돌 하나가 스스로 물 속으로 뛰어드는 것을 보았습니까. 물 가장자리에선 새들이 황망히 날고 길들은 문득 얽혔다 풀어지고 다음엔 틀림없이 밤이 되는 그런 시각에 아무 곳에도 매달리지 않고 돌 하나가 남몰래 물 속으로 뛰어드는 것을 보았습니까.

항상 더불어

이렇게 울지 않는 놈들은 처음 본다. 면상(面相)에 완전히 긴 금간 놈도 울지 않는다. 묵묵히 묵묵히 서 있을 뿐. 한낮의 햇볕 갑자기 타오르며 움직이던 그림자들 문득 정지하고 서로 마주보며 살던 무리들 수레에 포개져 실려갈 때도 이들은 묵묵히 서 있다. 누군가 땀 흘리며 얼굴을 지운다. 먼저 입과 코가 지워지고 눈이 지워지고 기억의 가장자리 표정이 지워지고 드디어 '너'도 '나'도 지워진다. 가만히 주위를 둘러보라. 어느 샌가 '우리'만 남아, 아 항상 더불어 같이 살아야 할.

이것은 당신의

이것은 당신의 머립니까
돌려드릴까요
당신의 목에.

이것은 당신의 한짝 손
돌려드리지요
당신의 떨리는 다른 손에.

이것은 당신의 귀군요
다른 귀는,
들립니까 들립니까.

잘 안 보이는 이것은,
당신 게 아니라고요
가만있자 가만, 그렇지
이건 제 입술이군요.

뒤에서 누가

　뒤에서 누가 떨고 있는지 볼 필요 없어요. 누가 손가락을 들어 다른 돌에게 넌지시 그대를 가리키고 있는지. 누가 그대를 향해 다가가고 있는지. 깨질 땐 정면으로 깨져요. 손가락 하나 발바닥 하나 남기지 말아요. 손금 이어지는 자리도 버려요. 지문이 있으면 지문마저 풀어버려요. 바람이 다시 방향을 바꿉니다. 바람이 바뀌어도 돌아보지 말아요. 그대의 깨진 조각들이 다시 깨질 준비를 하고 있어요. 그들이 밟고 있는 풀의 무늬들 너무 선명해요.

1974년 여름

　어떤 내부(內部)도 난 가지고 있지 않다. 내 지폐엔 이별이 있을 뿐이다. 이별 끝에는 도시에 갇혀 도시의 이상한 공기가 되어 떠도는 친구들이 비친다. 빚으면 소주가 되는 공기, 소주가 되어 깨는 공기, 나는 정신없이 숨을 쉬었다. 사람들이 달려가고, 그들을 따라가면 의자가 몇 개 넘어져 있고 가설 무대에선 연극이 한창이었다.

　≪귀뚜라미의 귀가 보여

≪완전히 망가진 여름이지

≪그럼 넌?

≪다들 망가질 때 망가지지 않는 놈은 망가진 놈뿐야.

물
—— 원주 구룡사에서

내가 보이지 않는다.
산에 산을 주는 골짜기
그 앞에 온몸 칡꽃 입고 선 바위
자연스레 서 있는 침엽수 몇 채
검정 나비들이 사방에 박혀 너울대는 공간
그 속에 물이 흐를 뿐
어디에서도 내가 보이지 않는다.

멀리 뒤로는 무인도로 떠 있는 새가 보인다.
아침 마당에 잘못 들른 새
그 새 울면
떨며 구석에 머리 박던
조롱 속의 새
틈 주어도 날아가지 않던 새
어느 날 문득 새끼들을 살펴보고
다시는 감히 옆을 보지 못하던 새.
아는가 아는가
조롱이 옮겨져왔다.
문이 열리고
무언가 조그맣고 살아 있는 것이

걸어나왔다.
주위 살펴보고
되돌아 들어갔다.

내 언제 주저앉은 나를 되찾아
허리 새로 껴안고
인간의 문을 모두 열고
땅에 입 박고 떨며 흐르는 저 물의 맛을 볼 것인가.

시(詩)와 방법론적 긴장

김   현

황동규(黃東奎)는 방법론적 긴장의 시인이다. 긴장된 자기를 확인하기 위해 긴장하지 않은 자기를 회의하고 비판하고, 긴장하지 않은 자기를 버리기 위해 긴장된 자기를 일깨운다. 긴장은 그의 시작(詩作)의 감추어진 원리이다. 삶에 있어서는 자신을 망가뜨리려는 모든 것과 싸우고, 글쓰기에 있어서는 절제를 얻기 위해 자신을 과격한 모더니스트나 치졸한 감상주의자로 만들지 않기 위해 싸우고, 그리고 삶이 글쓰기와 다르지 않은 것이라는 것을 이해하기 위해서 그는 긴장한다.

삶이 그에게 화해로운 것으로 나타나기를 그치고, 불길한 것으로 나타나기 시작하는 전조를 그의 『비가(悲歌)』에서 우리는 예감하는 것인데, 그 예감 역시 갈수록 불길해져서 60년대에 이르면 그가 화해로운 삶에 대한 꿈을 버리지 않았나 의심하게 될 정도이다. "이 악물고 울

음을 참아도 얼굴이 분해되지 않는다. 이상하다. 마른
〔'뿌리뽑힌'이라는 뜻이리라 : 인용자〕 풀더미만 눈에 보인
다. 밤에는 눈을 떠도 잠이 오고 바람이 자꾸 잠을 몰아
한 곳에 쌓아놓는다”나 “어떤 내부(內部)도 난 가지고 있
지 않다. 내 지폐엔 이별이 있을 뿐이다. 이별 끝에는 도
시에 갇혀 도시의 이상한 공기가 되어 떠도는 친구들이
비친다” 따위와 같은 어구를 읽으면 삶에 대한 그의 인식
이 얼마나 비극적인가를 분명하게 알 수 있다. 그의 삶의
인식이 비극적인 것은, 현실을 있는 그대로 받아들일 수
없게 하는, 프랑크푸르트 학파에서 동경이라는 말로 표현
하고 있는, 행복에의 약속을 포기할 수가 없기 때문이다.

  내 언제 주저앉은 나를 되찾아
  허리 새로 껴안고
  인간의 문을 모두 열고
  땅에 입 박고 떨며 흐르는 저 물의 맛을 볼 것인가.
  ——「물」

  시인이 인간의 문을 모두 열고 땅에 입 박고 떨며 흐르
는 물맛을 보는 것으로 표현한 행복의 상태를 크게 동경
하면 할수록, 인간의 문을 닫고, 뿌리뽑힌 채, 성긴 눈발
이 되어 허공을 떠도는 자기의 현실에 대한 비극적 느낌
은 더욱 강해진다. 동경은 결핍을 전제로 한다. 결핍이
심하면 심할수록 동경 역시 강해진다. 그가 자신의 결핍
을, 자신의 뿌리뽑힘을 되풀이 강조하는 것은 방법론적으
로 동경을 강화하기 위해서이다. 그 결핍은 때로는

i) 누군가 땀 흘리며 얼굴을 지운다. —— '항상 더불어'

ii) 나무들 허물 없이 옷 벗을 때
   우리 얼굴 벗고 만나고
   나무들 옷 걸치고 무리지어 설 때
   우리 다시 귀면(鬼面) 달았다.   ——「연등(燃燈)」

와 같은 시구들에서는 자신의 얼굴을 열어보이지 않고, 얼굴을 지우고 감추는 것으로 나타나기도 하며,

   뿌리뽑힌 것들은 흔들리지 않는다.
                              ——「김수영 무덤」

와 같은 시구에서는 흔들리지 않는 뿌리뽑힌 것들, 마른 풀더미 같은 것으로 나타나기도 하며,

   속이기, 아내와 아이를 팔진(八陣)에 벌려놓고
   너를 감추기, 손이 떨어진다.   ——「수화(手話)」

와 같은 시구에서는 자신을 속이는 행위로 나타나기도 한다. 그 결핍의 상태를 가장 첨예하게 보여주는 것이 「장마 때 참새 되기」이다. 그의 그 시에서 참새는 창공을 날으는 예쁜 작은 새가 아니다. 왜소한 인간의 은유로 나타난 새다.

하류(下流) 끊긴 강이 다시 범람한다.
세 번 네 번 범람한다.
외우지 않기로 한다.
——물이 지우는 몇 개의 섬.

신문을 읽지 말고
혹은 읽으면서 잊어버리고
몇 번 재주 넘어
——천천히 참새가 된 나와 아내.

비가 내린다.
물이 거듭 쳐들어온다.
새는 지붕 간신히 막아놓고
아들아, 아빠가 춤을 춘다.

창 틈으로 날아들었다가
머리를 바람벽에 부딪히고
눈앞이 캄캄해져서
참새가 참새가 춤을 춘다.

　　장마가 무엇을 뜻하는가 하는 것은 이 시에서 그렇게
중요한 것이 아니다. 이 시에서 중요한 것은 시인이 참새
로서 눈앞이 캄캄해져서 춤을 추고 있다는 사실이다. 춤
을 춘다는 즐거운 행위가 이 시에서는 완전히 그 즐거움
을 사상당한 채 음울한 색채를 띠고 있다. 이 시의 참새
는 그의 시에서 동경의 상태를 흔히 표상하는 눈과 새의

가장 나쁜 형태이다. 시인의 초기시에서부터 눈과 새는 시인의 불길한 내부를 감싸는 동경의 부드러움, 깨끗함의 상징이었다. 그 눈과 새가 이 시집에서는 점차로 석회의 흰 빛을 띤 눈, 짓밟혀 흙이 되는 눈과 날지 못하는 새로 변모한다. 눈이 그의 시에서 어떤 의미를 띠고 있는가 하는 것은,

> 갑판에 꿇어 엎드린 생(生)의 빈 찰나에
> 한두 마디씩 내리는 성긴 눈발
> 가죽과 발바닥을 식히는 이 싸늘함.
> 그 한두 마디를 비명처럼 열고 들어가
> 깨어 있자 깨어 있자 되뇌이며
> 우리 사는 집 위로 떨며 내린다.
> 아이들이 불현듯 울지 않고 잠드는
> 밤에도 내리고
> 불 끈 갈현동에도 남가좌동에도
> 부끄러워 구석에 세워둔
> 꿈에도 내린다.   ──「성긴 눈」

라는 시구에 완벽하게 제시되어 있다. 그의 눈은 대개 성긴 눈이다. 그 성긴 눈은 비명 소리 같은 한두 마디의 말과 동일시된다. 비명 소리와 같은 한두 마디의 눈은 아이들이 평화롭게 잠들었을 때, 꿈이 꽃으로 살아나올 때, 시인의 의식을 두드린다. 눈이 의식을 두드릴 수 있는 것은, 그래서 의식에게 깨어 있으라고──그렇다면 깨어 있지 않은 상태란 마비일 것이다!──외칠 수 있는 것은

그것의 차가움 때문이다. 그의 눈은 관찰이나 관조의 대상이 아니고 부딪침의 대상이다. 그는 집 안에서 밖에서 내리는 눈을 보는 것이 아니라, 갑판 위에 꿇어 엎드려 그의 살갗과 발바닥에 내리는 눈과 부딪친다. 그 눈은 차가워서 그의 마비된 의식을 일깨운다. 그 부딪침은 그러나 지속적인 것이 아니고 **불현듯** 얻어지는 것이다. 그 불현듯 얻어지는 각성의 상태는 그의 마비를 더욱 두텁게, 뚫고 들어가기 힘든 것으로 이해하게 만든다. 이 점이 그의 시의 힘의 근원을 이루는데, 왜냐하면 우리도 또한 언제나 지속적으로 깨어 있는 고양된 상태로 삶을 영위하는 것은 아니기 때문이다. 그의 시는 우리 역시 깊은 마비 상태에 있음을 불현듯 깨닫게 한다. 그의 눈이 그에게 한두 마디의 비명이듯이 그의 시는 우리에게 한두 마디의 갑작스러운 비명이다. 그 각성은 자신이 눈으로서의 특성을 잃어버린 눈이 되지 않을까 하는 부끄러운 자탄으로 그를 이끈다.

> 내가 보아도 내가 무서워지는
> 몰려다니며 거듭 밟히는
> 흙빛 눈이 될까 안 될까.　　　　──「계엄령 속의 눈」

차디참을 잃어버리고 거듭 밟혀 흙이 되어버리는 눈! 그것이 자기는 아닐까라는 쓰디쓴 자탄은 눈에 대한 그의 동경이 그만큼 크다는 것을 입증한다. 그런데 문제는 그 눈들이 땅에 떨어져 마비된 것들을 깨우지 못하고 계속 공중에서 떠돌아다녀야 한다는 데에 있다.

성긴 눈 날린다.
땅 어디에 내려앉지 못하고
눈뜨고 떨며 한없이 떠다니는
몇 송이 눈.　　　　　　　　　——「조그만 사랑 노래」

　그의 눈이 당한 수난은 그의 새 역시 겪고 있다. 때로
는 눈과 동일시되는 그의 새는 고개 들고 날으는 발톱까
지 흰 새들이다.

눈송이들, 한 송이 두 송이 열 송이 또 열 송이
공중에서 몇 번 멈칫대다
하나씩 고개 들고 흰 새가 되어,
아 발톱까지 흰 새들.　　　　　　——「김수영 무덤」

　그 새들이 "불을 *끄고*" 날지를 못한다.

아무도 날 수 없습니다.
발에 걸립니다.
새들도 나는 시늉만 합니다 .　　　　　——「편지 2」

　날지 못하고 나는 시늉만 하는 새들은 마구 밟혀 흙이
되어버린 눈에 다름아니다. 그렇다고 시인이 현실주의자
가 되어 동경의 아름다움·행복스러움을 잊어버린 것은
아니다. 그의 시는 그의 현실 인식이 비극적이면 비극적
일수록 더욱 폭넓게 인간과 자연을 껴안은 방법론적 변모

를 보여주고 있다. 자신을 새와 눈이라고 생각하고, 자신의 내부만을 들여다보던 시인의 개인적인 각성은 같이 깨어 있어야 하는 이웃들에 대한 사랑으로 차원을 높인다. 나/세계의 대립은 우리―세계로 차원 높게 지양된다. 깨어 있음이라고 막연하게 지칭되던 눈의 차가움과 새의 비상은 자연과의 합일과 우리에 대한 사랑으로 확대되어감으로써 그 비극성을 폭넓게 껴안는다. 눈과 새에 대한 그의 기호는 다른 것은 눈과 새가 아니라는 배타적 기호인데, 그는 그 기호를 모든 자연에 대한 것으로 확대시킨다. 눈과 새는 그의 표현을 빌면 다른 말이 된다. 다시 말하자면 상투적·인위적이 아닌 자연스러운 것이 된다. 그의 다른 말은, "아침해 앞에서 가슴 펴고 깊은 숨 쉬기 한낮 바위 위에서 벌거벗고 춤추기, 저녁해 따라 힘센 나무들 사이로 달려가기" 등이다. 그것은 진실을 말하기에 다름아니다. 눈이 흙이 되고 새가 날지를 못하게 되자, 그는 깨어 있음/마비되어 있음의 대립에서 진실/억압의 대립을 찾아내기에 이른다. 개인적 대립은 인간 존재의 보편적 여건으로 크게 확대되어나간다. 그가 어깨를 같이하고 같이 앞을 바라다보는 이웃을 우리도 파악하게 되는 것은 그 방법론적인 확대의 결과이다.

i) **우리** 자전거는 나란히 달렸다. 서로 살필 필요가 없이.
　　　　　　　　　　　　　　　　――「바다로 가는 자전거들」

ii) 땅을 짚는 **우리의** 발목
　　시리고 훈훈하다.　　　　――「우리 죽어서 깨어날 때」

ⅲ) 아니 세상을 열고……
　　그대의 어깨를 안는다.　　　　──「눈 내리는 포구」

ⅳ) 아아 이뻐라
　　우리는 열려 있다.　　　　──「사랑의 뿌리」

ⅴ) 춤의 핏줄이 보일 때까지
　　우리는 서서 잠드는 아이들.──「서서 잠드는 아이들」

　위에 든 예 외에도 이 시집에 편재해 있는 우리에 대한 관심은 혼자 있어도 좋다는 행복했다라고 잘못 썼다는 자각을 불러일으킨다(「일기」). 행복하다는 것은 우리가 같이 있다, 우리는 같이 꿈꾼다는 것에 다름아니기 때문이다. 꿈이 비록 "쌓아도 무너지고/쌓아도 무너지는 모래 위의 아침"(「꿈, 견디기 힘든」)이라고 하더라도 꿈을 포기할 수는 없다. 그것은 우리의 것이다.

　삶에 있어서의 진실/억압의 대립은 시에 있어서는 행(行)을 이루지 못한 낱말──진실과 행을 이루어야 하는 시인의 의지 사이의 대립이다. 시인이 예술을 어떻게 생각하고 있느냐 하는 것은 그의 시 중에서 희귀하게 예술 작품을 노래한 '소형 백제불상(小形百濟佛像)'에 뚜렷하게 나타나 있다.

　슬픔도 쥐어박듯 줄이면
　증발하리, 오른발을

편히 내놓고, 흐르는 강물보다
더욱 편히, 왼팔로는
둥글게 어깨와 몸을 받치고
곡선으로 모여서 그대는
작은 세계를 보고 있다. 조그만
봄이 오고 있다. 나비 몇 마리
날고, 못가에는 가혹하게
작고 예쁜 꽃들도 피어 있다.
기운 옷을 입고 산들이 모여 있다.
그 앞으로 낫을 든 사람들이 달려간다.
그들은 어디로 가는가.
어디로, 그리고 우리는?
그대는 미소짓는다.
미소, 극약(劇藥)병의 지시문을 읽듯이
나는 그대의 미소를 들여다본다.
축소된다, 모든 것이, 가족도 친구도
국가도, 그 엄청나게 큰 것들,
그들 손에 들려진 채찍도
그들 등에 달린 끈들도, 두려운 모든 것이 발각되는 것
으로,
돌이킬 수 없는 엎지름으로,
엎지름으로, 다시는 담을 수 없는.

　나는 이 시가 백제 소형 불상(百濟小形佛像)만큼, 혹은
그보다 더 아름답다는 것을 강조하고 싶다. 시인은 지금
소형 백제불상 앞에 서 있다. 시인은 그 형상의 적음에

처음 감동한다. 그 불상의 얼굴에서 보여지는 슬픔도 슬픔 같지가 않다. 흐르는 강물처럼 편하게 그는 그의 작은 세계를 보고 있다. 그의 작은 세계를 시인도 그래서 보게 된다. 그 작은 세계내에서도, 봄이 오고, 못가엔 예쁜 꽃들이 피며, 가난한 산들이 있으며, 그 앞으로 낫을 든 사람들이 달려간다. 그들은 어디로 가는 것일까? 그때 시인은 현실로 돌아와 우리는 그러면 어디로 가고 있는가 반성한다. 가난한 산과 낫을 든 사람들을 너는 생각하지 못하는가라는 질문을 던져보아도 불상은 미소만 띠고 있다. 슬픈 미소만을! 시인은 그 미소를 극약병의 지시문을 바라보듯 긴장된 마음으로 바라본다. 이 불상은 왜 나에게 예쁜 꽃과 봄, 기운 산과 낫을 든 사람을 생각케 하는가? 그의 미소에 무슨 힘이 있는가? 시인은 그때 그의 미소 속에 모든 것이 돌이킬 수 없게, 다시는 담을 수 없게 엎질러져 있음을 깨닫는다. 모든 것이 그 미소 속에 **발각되는** 것으로 인각되어 있는 것이다. 예술은 단지 미소할 때에도 두려운 것을 남김없이 보여주는 것이다. 이 뛰어나게 아름다운 시에서 나는 시인이 생각하는 예술에 대한 명제를 읽을 수 있다. 그에게 있어 예술은 두려운 것까지를 포함하여 모든 것을 축소시켜 형태 속에 담는 행위이며, 그 행위는 일회적인 완벽한 행위이다. 예술은 역의 방향에서 그것이 아무리 사소한 것일망정 모든 것을 드러낸다. 예술은 형태 속에 진실을 축소시켜 담아 그것을 드러내는 문화적 장치이며, 그것은 시대를 초월하여 존재하지만, 어떤 시대의 사람에게나 세계를 되묻게 만든다. 예술은 형태 속에 진실을 축소시키지만, 그 진실을 다시 확대하여 드러낸다. 이 줄어듦/드러냄의 대위법은 그의 시작의 기본 원리이다. 시 속에 진실을 줄여서 묶음으로써, 그 시를 통해 진실을 드러내게 한다. 진실을 말함으로써가 아니라, 진실을 "미소 속에" 가둠으로써 그 진실을 드러낸다. 롤랑 바르트나 아도르노의 예술 이론에 아주 엇비슷한 그의 그러한 예술관은 시에서의 줄이는 작업과 진실을 드러내는 양식에 대해 시인에게 깊은 성찰을 요구케 한다. 진실/억압에 대한 시인의 관심이 리듬·이미지 등에 대한 그의 집요한 탐구와 결부될 수 있음은 그러한 성찰에서는 당연한 일이라 하지 않을 수 없다. 나는 그의 시적 줄임을 구축이라는 용어로 포괄하고 싶다. 그의 시적 구축은 비상투적인 이미지를 한국인의 심성 깊숙이 숨어 있는 리듬감과 결부시키려는 그의 노력과 진실/억압의 대립으로써 표현하려는 노력을 포괄하는 개념이다. 그의 구축은 지적(이 말을 나는 반성적이라는 뜻으로 이해한다) 구축이며, 건축술적인 구축이다. 그 구축 때문에 그의 시의 절제가 얻어지는 것이다. 그가 과격한 모더니스트의 실험이나 치졸한 감상주의자의 자기 도취에 빠지지 않는 것은 그 절제 때문이다. 그의 구축이 얼마나 지적·건축술적인가 하는 것을 이해시키기 위해 약간 긴 시지만 역시 뛰어난 시인 「지붕에 오르기」를 분석해보기로 한다.

나이 들며 신경이 멀어지는 것은
즐거운 일
고통은 삐걱거리는 마루처럼
디딜 때만 소리를 낸다.

수리하기로 마음먹는다.
출근하려고 구두를 신을 때
목수들이 신나게 초인종을 누른다.

버스 정류장 옆에 그 소년이 없다.
목발 짚고 일간스포츠 곁에 붙어 서 있던 아이
대신 가죽잠바를 입은 사내가 앉아 있다.

없으면 없을수록 마음 가볍지
난 예수가 아냐
로마 병정도 아니고
예루살렘 대학에서 아랍어를 가르치고
별들이 무사한 것을 보고
행복하지 않고
불행하지도 않고

내가 만만하게 차서 발이 아플
돌멩이는 없었어.

돌아오는 길에는
10층 창 위에서 유리 닦는 사내가
아래를 내려다보는 것을 보았어.
저녁 햇살을 정면으로 받아
빛나는 창, 그 많은 창 하나에 매달려
전혀 빛나지 않게 내려다보는 것을 보았어.

목수들이 파업만 했더라도
예수를 십자가에 달지 못했을 텐데.

목수들은 하루종일 마루를 고치고
나머지 목재로 사다리를 만들었다.
발을 굴러도 마루가 삐걱대지 않는다.
소리가 더 깊이 들어갔을까
더 깊은 데, 우리가 자갈처럼 가라앉아
더 이상 남이 될 수 없는 데.

사다리 둘 곳을 찾다가
이사온 후 처음으로
슬라브 지붕에 올라간다.
각목이 모자라 두 칸은 베니어를 겹으로 붙여
내 가벼운 무게도 모르고 마구 떤다.

떨림이 멎지 않는다 동남쪽으로
모래내 골짜기가 펼쳐져
있다 묘사 덜 된 소설처럼 그러나
신기하게 하나도 빠짐없이 지붕과
굴뚝을 달고 집들이
모여 있고 헤어져 있다 어스름이
내린다 손이 흔들린다 어디선가
낙엽 한 장이 날려와 흔들리는 손에
잡힌다 메말라붙은 신경이
선명하게 보이는,

　신경이 모두 보이는 이 밝음!
　공포, 생살의 비침, 이 가을 한 저녁.

　이 시의 산문적인 이해는 아주 쉽다. 어느 가을날 마루가 삐걱거려 시인은 마루를 고치기 위해 목수를 부른다. 퇴근해서 돌아와보니 마루는 고쳐져 있고, 목수들은 남은 목재로 사다리를 만들어두어, 그것을 어디에 둘까 망설이다가 시인은 이사온 후 처음으로 지붕 위에 올라가 주위를 바라보는데, 그때 마른 낙엽 한 장이 날려와 잡힌다. 표면상으로는 이것이 이 시의 산문적인 골격이다. 그 골격을 시인이 어떻게 시로 만들고 있는가 하는 것을 알아보는 것이 그의 구축술을 이해하는 길이 될 것이다. 1련 첫머리에서 시인은 시인의 나이와 관련하여 신경이 나이 들며 멀어지는 것은 즐거운 일이라고 말한다. 나이들며 신경이 멀어진다는 것은 신경이 갈수록 둔해진다는 뜻이다. 신경이 둔해지는 것은 즐거운 일이다. 그 신경은 이 시의 맨 마지막 연에서 다시 고통스러운 신경으로 슬그머니 다시 나타난다. 1련의 둔해지는 신경은 마지막 연의 고통스러운 신경을 위한 대위법적 구도이다. 신경은 둔해져야 하는데 1련 3행을 읽으면 마루의 삐걱거림처럼 신경 역시 삐걱거려 고통을 일으킨다. 시인은 수리하기로 마음먹는다. 무엇을? 수리되는 것은 분명히 마루이지만, 시행의 흐름은 수리되는 것이 고통스러운 신경까지 포함하고 있다는 느낌을 전해준다. 시인은 내심으로는 신경을, 밖으로는 마루를 수리하기로 마음먹는다. 목수들은 그가 출근하려고 구두를 신을 때 신나게 초인종을 누른다. 목수들이 신나게 초인종을 누른다는 것은 그의 마음은 출근할 때 그리 신나지 않다는 것을 보여준다. 2련에서 그는 벌써 정류장에 나와 있다. 버스 정류장 옆 신문 파는 곳엔 흔히 나와 있던 목발 짚은 아이 대신 가죽잠바를 입은 사내가 앉아 있다. 목발 짚은 아이는 3련에서 그의 마음의 신경을 고통스럽게 건드린다. 그는 그 고통을 수리하기 위해 그애가 없으면 없을수록 마음 가볍지라고 생각한다. 너무 그 아이 때문에 고통하지는 말자, 나는 예수가 아니니까라는 것이다. 목발과 목수와 목수였던 예수의 완벽하게 계산된, 그러나 자연스러운 구축. 거기서부터는 자유 연상이다. 예수는 로마 병정을 연상시키고, 로마 병정은 골고다를, 골고다는 예루살렘을, 예루살렘은 예루살렘 대학에서 아랍어를 가르치는 아마도 그의 친구에 대한 연상으로 번져나간다. 그 연상은 횡설수설의 경지에 이른다. 예루살렘에서 누가 아랍어를 가르치는지 별들을 둘러싼 행복하다, 행복하지 않다는 느낌은 누구의 느낌인지, 이 시를 읽는 독자는 알 수가 없다. 자유 연상은 그야말로 자유 연상이다. 4련은 독백이다. 그 독백은 연상의 결과이므로 역시 약간 난삽하다. 보통은 만만하게 차서 날려 보낼 돌멩이는 없어라고 되어야 할 것이기 때문이다. 그러나 이 독백에서 3련의 별을 둘러싼 3행의 시구가 그와 아마도 그의 예루살렘에서 아랍어를 가르치는 친구와의 어떤 대화를 암시하고 있음을, 그래서 만만하게 보이는 돌도 차보면 발이 아프다는 것을 알게 되었으리라는 것을 우리는 막연하게 짐작하게 된다. 5련에서 시인은 퇴근길이다. 5련이 퇴근길의 시인을 보여준다는 것은 4련의 독백이 또한 사무실에서는 독백일 수 있다는 것을 암시한다. 5련의 퇴근길에서 시인이 바라다보는 10층 창 위에서 유리 닦는 사내는 그 자신에 다름아니다는 느낌을 우리에게 전해준다. 저녁 햇살을 받아 빛나는 창에 매달린 전혀 빛나지 않는 사내. 그 일하는 사내는 높이 십자가에 매달린 예수를, 그리고 그의 옛날 직업이었던 목수직을 연상시킨다. 파업하는 목수는 자기도 파업하고 싶다는 욕망을 무의식중에 드러내는 표현이다. 목수들이 파업했더라면 예수를 십자가에 매달지 못했을 텐데라는 6련의 독백은 시인이 파업했더라면 누가 목매달리지 않았을까라는 질문을 유도한다. 그러나 그 질문은 행간 속에 숨어 있다. 7련에서 시인은 집에 돌아와 마루가 수리되어 있음을 본다. 발을 굴러도 이제 마루는 삐걱거리지 않는다. 그렇다면 그의 고통도 마루의 삐걱거림처럼 없어진 것일까. 그럴 리는 없다. 그것은 더 깊은 곳으로 숨어 들어갔을 것이다. 거기에서 우리는 그의 고통이 신경의 고통처럼 영원히 지울 수 없는 것이라는 섬뜩한 느낌을 받게 된다. 그 고통은 어디에서 나오는 것일까? 그것은 계속 숨겨져 있다. 8련에서 시인은 처음으로 목수들이 만든 사다리로 지붕에 올라가는데, 그 사다리는 그의 가벼운 무게에도 마구 떤다. 9련에서 시인은 마치 10층에 매달려 있던 사내처럼 빛나지 않게 아래를 내려다본다. 거기엔 신기하게 하나도 빠짐없이 집들이 지붕과 굴뚝을 달고 모여 있고 헤어져 있다. 그때 낙엽이 한 장 날아든다. 자기처럼 메말라붙은 신경이 선명하게 보이는 낙엽이. 결국 시인은 자신 역시 그 낙엽과 마찬가지임을 느낀다. 살이 없이 신경만 투명하게 보이는 자기와 낙엽. 세계를 폭넓게 껴안지 못하고 고통스럽게 밖에서 그것을 바라다보는 자의 앙상한 밝음을 시인은 공포라고 명명한다. 그 공포는 다른 말을 할 수 없는, 남과 이웃이 될 수 없는 자의 공포이다. 그 공포를 드러내기 위해 시인은 삐걱거리는 마루, 신문 파는 아이, 창에 매달린 사내, 지붕 위에서 본 세계, 낙엽을 줄여서 시 속에 묶어놓은 것이다. 그 묶음의 과정은 완전한 지적 조작을 거치고 있는데, 바로 그것이 황동규 시의 큰 특색이다.

이 시인의 시를 이해하는 데 있어서 중요한 것은 삶에 있어서의 진실/억압의 대립이, 시에 있어서의 묶음/드러냄의 대립과 대립적인 것이 아니라 구조적으로 동일한 것이라는 것을 이해하는 일이다. 삶에 있어서 진실은 억압을 통해서, 동경은 결핍을 통해서 드러나듯이, 시에 있어서의 진실의 드러남은 그것의 행태로의 묶음을 통해서 드러나기 때문이다. 그 묶음의 원리가 그의 방법론적 긴장인 것이다. ▨